HARUKA

はるか・ウエポン

新里 東洋一

Toyoichi Shinsato

WEAPON

文芸社

はるか・ウエポン

†

CONTENTS

Chapter 1

プロローグ

†

小麦ととうもろこしの畑が地平の彼方まで続いている小さな村。アメリカの中央北部、ダコタ州に位置するちっぽけなこの村は、人口こそ千人に満たないが、人々はとても素朴で幸せに暮らしていた。

その日も村の人々は、いつもの一日を送っていた。

男たちは朝になると畑に出かけて仕事に励み、女たちは子供たちを学校に送り出したあとの洗濯やそうじなどの家事に励んでいた。そして、夕方は、どの家も明かりがともり、夕食の準備の煙と良い香りが漂うのだ。

そんな村の畑がどこまでも広がるのどかな風景の中、一台の黄色いバスがこの広い村をぐるりと回るように疾走している。ちょっと旧式だけれど、この村に一つしかない学校から毎日送り迎えにくるスクールバス。

そのスクールバスの窓側の席に、女の子がひとり、退屈そうに頬づえをつきながら、窓の外をぼんやり眺めていた。

彼女の名前は、ハルカ・ウィルソン。今年で九歳になる。茶色の髪を二つに束ねたおさげをトレードマークにしている、少しだけ東洋系のエキゾチックな顔立ちをした彼女は、今日もお気に入りのピンク色でレースが入った、とてもかわいらしいワンピースを着ていた。

「おい、ハルカ聞いてくれよ」

通路の向こう側の座席から、近所に住むトマスが話しかけてきた。うるさいヤツに声をかけられたなあと思いながら、彼女は渋々と声のするほうに顔を向けた。

「今日、またテレサに取り上げられちまったよ」

「ええ？　あんた、また学校におもちゃを持っていったの？」

またというのは他でもない、トマスはパパとママに新しいおもちゃを買ってもらうと、それを自慢しにわざわざ学校に持ってくるのだ。トマスはそのたびに、学校の先生テレサにおもちゃを取り上げられていた。

〝懲りないヤツ〟。ハルカはそう思ったし、〝私に声をかけてくるヤツは、こんなヤツばっかりだ。たまにはカッコイイ男の子とおしゃべりしたい。どうせ生まれてくるのならせめてブロンドに生まれたかった。そうしたら、もうちょっとは、ましな男の子が声をかけてくれるかもしれないなぁ～〃とも思った。

そんなことを思ってブルーになったハルカに、トマスはお構いなしに話し続ける。

「そうなんだ。聞いてくれよ」

「はあっ…」

「なんだよ!! アタマにくるなあ、その態度」

ため息をついた彼女を見て、トマスは腹を立てた。トマスにしてみれば、おもちゃを取り上げた先生のテレサは悪者で、トマスはあくまでも可哀想な被害者なのだ。それに、トマスは小さい頃からいつも一緒に木登りしたり、森や林で冒険したりして遊んだハルカを、実の弟のように思っていた。女の子にとっては失礼この上ないことではあるが、それは〝弟〃として認識されてしまう彼女にも責任があった。ハルカ・ウィルソンはとんでもないジャジャ馬さんだったのだ。

「あんた、少しは学習しなさいよ！　テレサに何個おもちゃを取り上げられたら満足するの？」

「な、なんだと！」

「あら？　怒ったの？　気に障ったのなら許してね。悪気はないのよ。ふん！」

この言葉を聞いてトマスは立ち上がり、今にも彼女に飛びかかって懲らしめてやろうとしていたのだが、バスの運転手・ビルがにらんでいるのに気付き、そのままだまって元の座席に座った。

「おぼえていろよ！」

トマスは小声でささやいたが、ハルカはその言葉を不敵な微笑みと鼻息で返し、くやしがるトマスを見て楽しんでいた。

その直後、キキキーッ！　と、スクールバスの中にブレーキ音が響いた。いつもは不愛想なバスの運転手のビル・ウォーカーが、珍しく感情をあらわにして子供たちに向かって大声を上げた。

〝一体、何が起こったのだろう？〟

ハルカ・ウィルソンは不思議に思い、ビルを見た。ビルの肩越しに見慣れない風景が目の中に飛び込んでくる。見間違いでなければ、あれは間違いなく火事だ！大変なことになったと彼女は思った。

ビル・ウォーカーは自らを落ち着かせるように子供たちに言った。

「これからみんなでバスを降りる。いいか！　バスを降りたら真っ直ぐに〝ハゲワシ〟のふもとの林か森に逃げ込むんだ!!　わかったな！」

ビル・ウォーカーの言う〝ハゲワシ〟とは、この村の南にある岩山のことで、緑のカツラを被っているように見えることから、村のみんなに〝ハゲワシ〟と呼ばれていた。

子供たちの間からは不満や疑問の声があがったが、ビルはそれらの声をすべて無視して自分がいつも座っている運転席にあるレバーを操作した。ガチャリ！　と、バスの外から小さな機械音が聞こえた。その音が聞こえると、ビル・ウォーカーは外に飛び出していった。

飛び出していったビルの言葉を聞いた子供たちは渋々バスの外に出ると、スクールバスの前方の景色を見てパニックに陥った。バスの前方には真っ赤に燃えている畑。さらに子供たちから見えないバスの反対側からバン、パンと乾いた大きな音が聞こえてくる。

「何をしているんだ！　早く逃げろ!!　急げ！」

再びビルの声が響き、子供たちは泣きながら〝ハゲワシ〟に向かって走り出した。そのときハルカ・ウィルソンは、いつものオテンバぶりを発揮した。〝道に沿って走るより、畑の中を突っ切ったほうが早いわ！〟彼女はそう考えると、畑の中に飛び込んだ。

自分よりも背の高い作物の間を、〝ハゲワシ〟と呼ばれる岩山をめがけて、ザザザッという洋服と草のすれる音とともに駆け抜ける。ビルが『何か』と争う音がさっきまで聞こえていたが、それもいつしか聞こえなくなり、みんなが逃げた方向の畑から、煙が上りはじめた。

自分では理解できない何かが起こりはじめている。

〝パパ、ママ〟

ハルカ・ウィルソンは、父と母の姿を思い浮かべて涙した。作物の壁でできた道の向こう側に道路が見えてくる。彼女は今まで以上に手足をふり、未来に続く道を目指した。

そのとき、〝ハゲワシ〟の中で眠っていた別の『何か』は目をさまし、村の様子を遠くから見つめていた。そして、彼女を見つけた。

†

子供たちを怯えさせた『何か』とは違う、別の『何か』はジッと見ていた。

麦？　それともとうもろこし？

夕日を浴びて金色に輝く畑の中を、泣きながら女の子が駆けて行く。

まだ幼い。十歳ぐらいだろうか？

その小さな手足を振れるだけ振りきり、おさげにした髪を跳ね上げながら、何度も何度もよろめき、マラソンを走っているかのように懸命に走っている。学校のカリキュラムでないことは、走るのにまるで適していないピンク色のワンピースを着ていることを見てもわかる。

女の子は、緑のカツラを被った岩山のある林の入り口まで全力で走りきると、一番手前の木に抱きつき、壊れそうな顔で振り返った。そして、とても辛く悲しそうにパパとママを呼んでいた。

彼女の振り向いた先には、巨大な噴煙と炎の海が広がっている。先ほどから女の子を見守っていた『何か』は彼女に同情して、なんとかして励ましてあげたいと思った。

〝小さな女の子が、こんなにも悲しんでいる〟

聞こえないとは思ったが、思い切って声をかけてみることにした。

『大丈夫かい？』

だが、おさげの女の子は『何か』が予想していなかった行動をとった。聞こえないはずの声が、女の子に聞こえたのだろうか？　彼女はキョロキョロと自分に声をかけてきた〝主〟を探していた。

〝まさか!!　こんな……こんな小さな子が？〟

声をかけた『何か』は驚き、絶句した。

見守っている『何か』には会いに行けない事情があった。〝彼〟は不思議な力を持っていて、その力で彼女に声をかけたのだ。しかし、一人では動けなかった。

〝なんとかして彼女に会いたい！　いや、会わなければ!!〟

そう思った〝彼〟は考えを巡らせると、彼女を導くべく付近の様子を見渡したのだが、そのとき〝彼〟は恐怖するしかなかった。彼女を悲しませていた別の存在も彼女に気が付いたのがわかったからだ。

〝彼〟が見つけた別の存在とは、少なくとも人間ではなかった。たぶん、心も持っていないだろう。子供の肩幅ぐらいの間隔で開いたレンズの両目。頭はガラスのドームで中身が見える。金属でできた熊よりも大きい身体に四枚のスパークする電流の羽。樽ほどはある尻尾とバットより太くて長い四本の腕。しかも、手や指はなく、かわりにバズーカ砲みたいに穴が開いていた。

正面から見ると、とても大きい金属でできたセミそっくりの怪物は、レンズの両目で女の子をじっと見つめると、ゆっくりと四本の腕を上げ、遠く女の子に向かって腕を突き出した。次の瞬間、怪物は爆音と閃光に包まれ見えなくなった。怪物から生まれた恐ろしい力の化身は、風を引き裂きながら彼女に向かってゆく。

〝このままだと女の子があぶない〟

〝彼〟は前回より音量を上げて、彼女に声をかけた。

『そこはあぶない！　早くコチラに来なさい。右側の草むらの中です!!』

「!!」

突然の声に、女の子はビックリして草むらをのぞきこむ。そこにさらに声が響く。

『急いで!!』

声が響いた直後、凄まじい衝撃が彼女の背中を圧して、女の子は草むらに吹き飛ばされた。のぞきこんでいたのが幸いしたのか、彼女は草むらに転がされただけですんだ。

反射的に起き上がろうとするが、再びまき起こった凄い大音響と爆風で起き上がれない。

〝いけない！　このままでは彼女がこの世からいなくなってしまう！　だが、彼女は私の声には素直に従ってはくれない。どうすれば……〟

瞬時に『何か』は、自分がこの村に来た頃からの記憶をたどっていた。記憶の中で『何か』と女の子との接点を見つけられれば、あるいはなんとかなるかもしれない。『何か』はその聡明な頭脳をフル回転させて記憶を手繰り寄せる。そして、ある記憶につきあたった。


ただ、ただ、唖然として泣くことすら忘れている彼女の耳元に〝彼〟の声が響く。

『ハルカ? ハルカ・ウィルソン! なにをボーッとしているのです! 早く! 早く逃げて! さあ立ちなさい! 立って私のところまで来なさい! そこから真っ直ぐ、岩山の洞窟の中です! さあ、早く!』

〝この不思議な声は、なんで私の名前を知っているのだろう?〟

名前を呼ばれた女の子〝ハルカ・ウィルソン〟は、はじかれるように立ち上がると、声が導いた方向に駆け出した。彼女にとって、その声はまさに神の声だった。

駆け出したハルカの後ろから、とても恐ろしい破壊力を秘めた大きな音が追ってくる。

衣服から露出した手足がゆく手を阻む葉っぱに切られ、埃まみれの顔に涙を浮かべ、鼻水をすすりながらもハルカは、一生懸命に走った。恐怖の追いかけっこをしばらく続けていると、再び声が聞こえてきた。

『ハルカ！　左に曲がって！』

ハルカは素直にその声に応じた、肉食の獣に追われる鹿のように、ほとんど直角に、しかし軽やかに左に曲がる。草の海を泳ぐ両手が疲れ果ててきた。そのとき、生い茂る草の向こう側、右手に岩山の壁が見えてきた。ハルカは壁に沿ってさらに走って行く。

すると、岩山の壁の一箇所にポッカリと開いた黒い空間が、ハルカの目に飛び込んできた。

〝あれだ！　声が言っていた岩山の洞窟はあそこに違いない！〟

彼女は自分の直感をなんのためらいも持たずに確信すると、さらに勢いをつけて洞窟に飛び込んだ！

その瞬間、地震のようなグラグラと、雷が落ちたみたいな轟音とともに洞窟の入り口が閉じてしまい、ハルカの周囲は暗闇で満たされた。

さんざん恐怖を味あわされたあげく、何も見えない真っ暗な洞窟に閉じ込められてしまったのだ。たまったものではない。しかも入り口は土砂で塞がれてしまったのだ。大人でも脱出は困難だろう。ましてや十歳に満たない女の子、ハルカ一人ではどうにもならない。だが、とんでもないことになってしまったことは彼女にもわかった。

「お願い！　ここから出して！　誰か助けてっ!!」

声の限りを尽くして泣き叫ぶが、返事など返ってこない。外へ出ようと動き回るが、突き出た岩や壁におでこや手足がぶつかり、痛みと恐怖心が増すだけで、最悪の悪循環が繰り返された。

「うわぁーあああん!!」

とうとうハルカは座りこんで泣き出した。彼女自身の鳴き声、叫び声が洞窟内にこだまして、それがよりいっそう悲しみと寂しさを倍増させる。

このときから二時間あまりもの間、ハルカ・ウィルソンはおさげの髪を振り乱しながら泣き続けた。

涙が涸れるまで泣いて、ハルカはようやく泣き止んだ。

両足をキチンと揃えて、ヒザを両手で覆った彼女は、この洞窟に来て初めて冷静になった。恐る恐る辺りを見回してみるが、周りは真っ暗で、音もハルカのしゃくり上げる声しか聞こえない。

だが、よく目を凝らしてみると、ある一点だけ妙に周りと違う風景がある。

〝何だろう？　コレ？〟

ハルカの目の前にはビックリするものが存在していた。薄い発光している線が、十四インチほどの大きさのモニタを形作っていたのだ。

〝これは一体なんなのだろう〟

涙でうるむ目を向け、驚いて見ているると、それは泣きべそをかいているハルカを映しはじめた。泣いているハルカを見つめるハルカがいる。

〝！〟

目が皿のように丸くなった。さらに、驚く彼女に追い討ちをかけるようにあの声が響いた。

『よかった！　ようやく、落ち着かれたようですね？』

どうやら声は、このモニタから聞こえてくるらしい。線が放つ光は、弱々しくて外にいたときには見えなかったのだ。だが、肝心のハルカの反応が返ってこない。声は、ハルカを驚かせてしまったことを悟った。

『失礼いたしました。どうやら、あなたを驚かせてしまったようですね。気を使ったつもりなのですが……。また、気持ちが落ち着いた頃にお話をいたしましょう』

そう言うと、光るモニタはみるみる消えてゆく。やっと会えた光と人の声だった。

〝逃がしたくない、一人ぼっちはイヤだ！〟

「やだ、チョット待って！　消えないで！　お願い！」

ハルカは素早く立ち上がり、光のモニタを掴もうとしたが、捕まえられなかった。

再び彼女の周りには静寂が訪れ、暗闇がいっそう深くなったように思えた。ハルカは寂しさと悲しさをこらえきれずに両手で顔を覆ったが、すぐに笑顔を取り戻した。

光るモニタが帰ってきたのだ！

「ああ、良かった！　行ってしまったかと思った！」

安堵のため息とともに、ハルカが笑顔になる。とても愛らしいその笑顔は、心からのものであった。よほど恐い思いをしていたのだろう。

『……』

だが前回と違って、返事が返ってこない。

「どうしたの？」

と、少し不安になったハルカは尋ねてみた。少し間を置いて、光るモニタは答えた。

『驚きました！　あなたは面白いように感情を変化させることができるのですね？』

言っている意味はわからなかったが、どうやらハルカは誉められているらしい。

ハルカは笑顔で、「YES」と答えた。彼女の反応に好意を感じとったのだろう。光るモニタは言葉を続ける。

『ハルカ、よく聞いてください。私はこの洞窟の奥にいます。私の所に来てください。私のお願いを聞いてくれたなら、あなたを外に出してあげましょう』

「ここから出してくれるの？」

お願いというのが少々気になったが、このままこんな暗闇に囚われているよりも、光るモニタの頼みを聞いてあげて外に出られたほうがずっといい。自分にできないことなら断ればいいのだ。ハルカはますます笑顔になった。

でも、なんでハルカのことを知っていたのだろうか？　思わず思ったことが、口からこぼれてしまった。光るモニタは、またも少し時間を置いてから、その問いに答えた。

『ずっと昔、私のマスタは、あなたの母親であるサラ・ウィルソンとはすごく仲のよい友達でした。ですから、ハルカ・ウィルソン。あなたのことは、よく知っているのですよ』

「マスタ？」

ハルカは聞きなれない言葉に耳を留めた。

『そうです。マスタです』

間髪を入れずにモニタも応える。

「マスタって、なぁに？」

好奇心で目を輝かせて、ハルカはモニタに尋ね返す。

彼女の記憶が正しければ、友達の間で流行している小さなモンスターがいっぱい出てくるマンガの主人公も、確か、マスタと呼ばれていたはずだ。ハルカにとって、マスタという言葉は、何かしら〝プレミアム〟な響きがあった。

『あなたのママの友達が、何のマスタであったのか、知りたいのですか？　答えが〝YES〟であるなのなら、私のいるところに来てください。そのときにこそ、すべてをお話いたしましょう。ですから、早く私のところへ来てください』

ハルカは悩んだ。どうしよう！　光るモニタは、ママの知り合いらしいし、お願いを聞いてあげれば外にも出してくれると言ってくれている。何をすればいいのかは言ってくれないが、両親が彼女に頼むことと言えば、おかたづけとか、お皿をテーブルにならべるとかの、簡単なことだった。光るモニタもそうなのだろうか？

それに、危ないところを助けてくれたこの光るモニタからは、どう考えても悪意は感じられなかった。心細い一人ぼっちのハルカにとって、〝彼〟はたった一人の味方に思えてならなかった。ハルカは少し考えて、ガムを噛み締めるかのように「Y

ES」と答えた。

『では、私の言ったとおりに、歩いてください』

光るモニタは自己紹介こそしなかったが、この奥に〝彼〟もいることを教えてくれた。〝マスタ〟という、聞きなれない言葉の意味も、〝彼〟の正体も、きっと会えればわかるはずだ。

願わくば、〝彼〟の頼みごとが簡単なものであって欲しいと祈りながら、ハルカは歩きはじめた。


真っ直ぐな道、曲がりくねった道、下へ下へと、どれほど歩いただろう？　もう何時間も光るモニタに照らされた道を歩いている気がする。ハルカがうんざりしはじめた頃、光るモニタはやっと移動するのをやめて、大きな開けた空間の一点で止まった。

『着きました』

彼はいつものように愛想のない口調で言葉を伝える。ハルカはキョロキョロと辺りを見回して見るが、何も見当たらない。

「ここがゴールなの？　あなたはどこにいるの？」

ハルカは失望を隠せなかった。彼女は〝彼〟に導かれている間に、昔ママに読んでもらった童話を思い出していたのだ。地底に白く輝くお城と、白馬にまたがった金髪の王子様を期待していたのだが、どうやら、アテがはずれてしまい、ガッカリしてしまったらしい。見えるものといったら、空洞の奥に見える、黒と赤の鉄でできているらしい壁だけだった。

〝黒と、赤の……鉄の……かべ？〟

ハルカはあらためてその異変に気付いた。

〝なんでこんなところに……〟

ハルカはその不自然な赤と黒の壁に近づくと、壁に沿って上へと目線を移す。かすかだが、壁の頂上に建物のようなものが見える。

「なに、コレ？」

触ってみると、フライパンのような肌触りがする。

〝一体、なんなのだろう?〟

ハルカはちょっとした恐怖心を感じながら、この不思議な壁を触っていた。すると、建造物のあちこちから光が発せられ〝コレ〟は姿をあらわした。ハルカは、またも目を丸くした。

どう見ても船だ! しかも普通の船じゃない! 白い夕焼けに包まれたような不思議な船は、船体のまん中ほどに、トゲの生えたゴツゴツした建物がある。建物の後ろには、煙の出ていない煙突が見え、建物と煙突を挟むようなかたちで、近所のイタズラ少年トマスが自慢げに教室に持ってきては先生のテレサに取り上げられている戦車に似たものが何個かのっかっているのが見える。それはCNNのニュースなどで何度か見たことのある、アメリカ海軍の戦艦に良く似ていた。

ハルカの頭の中ではお城と王子様は消え、代わりにたくましい水兵が、筋肉を隆々とさせたポーズを決め、白い歯を見せながら彼女を出迎えていた。

実際にハルカの見つけた〝コレ〟は、戦艦の姿をしていた。

違っていたのは現代に現存する戦艦の姿ではないことと、テニスコートより少しはみ出るくらいの大きさしかないことであったが、小型のフィッシング用のボートぐらいしか見たことのない小さな彼女にとっては、本物の戦艦と思い込むには十分な大きさがあった。軽い失望感と呆気に打ちのめされているハルカに、光るモニタが語りかける。

『どうかしましたか？』

どうかしたどこではない。ハルカはクエスチョンの嵐を、自分なりに整理するので精一杯だった。恐ろしい怪物。突然、目の前に出てきた光るモニタ。洞窟の中にある戦艦。〝声〟は何度かハルカに語りかけていたが、その一切を無視してハルカは口を開いた。

「あなたは誰？　コレは何なの？　あなたがママの知り合いで私を助けてくれたことはわかったけど、こんなモノがあるなんてことは聞いてなかったわ。あなたは一体、何者なの？」

彼女にとって最大のクエスチョンをぶつけてみる。

光るモニタと、ハルカの間に何度目かの沈黙が訪れたが、沈黙は〝声〟によってやぶられた。その言葉はハルカにとってひどく難解な言葉の羅列だった。

『あなたは感情の起伏が激しく、脳波にしろ心拍にしろ、ジェットコースターのように変化します。また、こういった特殊なケースですので、通常の精神状態ではないことも理解できます。本当はすぐにでもマスタ登録をしていただきたかったのですが……』

ここまで聞いて、ハルカは幼いおでこに思い切り縦筋を刻みながら食ってかかる！

「私に何をさせる気なの？　あなたがココから出してくれるって言うからついてきただけよ！　私は何もする気はないわ！　早くココから出して!!」

〝声〟の言っていることは理解できなかったが〝彼〟はハルカに〝何か〟をしてほしいらしいことはわかった。きっと〝この船〟に関わることだろう、自らの正体を明かさずに話を進めるだなんて、きっとロクでもないことに違いない。ハルカはきつくクチビルを結ぶと腕組みをして、光るモニタの声を待ち受けた。この後、光るモニタは、ヘソを曲げた彼女の恐ろしさを存分に味わうこととなる。

もう三十分も、ハルカと光るモニタの攻防は続いていた。話の内容は三十分前より全然進んでいなかった。光るモニタが何かを言うたびに、ハルカは質問を浴びせかけ、納得するまで何度も何度も執拗に聞いてくる。モニタはそのたびに、ハルカ・ウィルソンを納得させる答えをしなければならなかった。

実を言うと、光るモニタは焦っていた。

ハルカを助けることのできた〝彼〟は、外の様子が手にとるようにわかるのだ。

〝このままでは、村は全滅してしまう〟

〝彼〟は、その知力の限りをフル回転させて、どうしたらハルカに納得してもらえるのかを考えていたが、ハルカの質問攻めに答えながら、試みていないことがあることに気が付いた。光るモニタは、やっと自分の過ちに気付いたのだ。

『そういえば、ハルカ。私の自己紹介はまだでしたよね？』

突然、切り出された言葉に、ハルカは過敏に反応した。

「そうよ！　誰なの？　って聞いても教えてくれなかったじゃない！　礼儀知らず

と話す口は持たないわ！」

はき捨てるような答えに、〝彼〟は焦るあまりに自己紹介をしなかったことのうかつさを悔やんだ。それどころか、彼女の質問にも答えようとはしなかった自分のミスを痛感した。〝小さな協力者〟になってくれるはずであったハルカ・ウィルソンは、今や〝小さな頑固者〟になってしまったのだ。

この〝小さな頑固者〟は、ここにきて〝彼〟の言葉のすべてにチャチャを入れる上げ足取りの名人となっていた。感情の起伏という言葉の説明から脳波、心拍数という医学的な言葉の説明を要求し、なんでハルカのプライベートを侵すのか？という議論をふっかけてきた。この貴重な三十分という時間は無駄に費やされ、肝心の本題からは、二人の会話は果てしなくズレていた。〝彼〟は、ハルカにとって、失礼この上ない存在であったのだ。

ここが洞窟でなく普通の道であったなら、きっとハルカとダイワの会話は、物別れの言葉で終わっていただろう。だが、この上なく失礼な存在は、今現在、ハルカにとって唯一の存在でもあるのだ。この複雑な状況が、ハルカを苛立たせていた。

彼女の不機嫌な原因を垣間見た〝彼〟は、かわいらしくふくれる少女にこう提案した。

『失礼いたしました。これ以上、私が失礼を重ねることはお互いにとって不幸なことにしかならないでしょう。せっかく知り合いになれたというのに、友達にもなれません。どうでしょうか？　私のところにいらっしゃいませんか？　直接、あなたにお詫びしたいのです。そして、私の願いである〝マスタ〟になってくれたのなら、あなたを外に助け出し、あの〝怪物たち〟もやっつけてあげましょう。お約束します』

うって変わったこの紳士的な対応に、ハルカも幾分心を動かされた。まだ少しふてくされてはいるが、コクリとうなずく。

〝はじめから、このように紳士的な態度で話してくれればよかったのに。また、トマスみたいな変なヤツに絡まれちゃったのか？　って、思ったじゃない〟

ハルカは自分の勝利を確信していた。

そう思っていると、どこからか奇妙な気配《けはい》を感じた。すると突然、ハルカの頭上から金属音が響きわたり、同時にハルカの体が光に包まれた。

「きゃっ！」

驚いてしりもちをついたハルカは、次の瞬間にはへたりこんだ。

〝なんか、髪の毛がパチパチする〟

そう思いながら、ハルカは立とうとして驚いた。フワフワ浮かぶ丸い光の玉に包まれペタンと座り込んでいる。それが今のハルカの状態だった。

「と、飛んでるの？」

ほとんど放心状態のハルカを乗せ、ゆっくり上昇していく光の玉。鉄の壁の赤い部分を越え、黒い部分を越えてドンドン、しかしゆっくりと高いところに移動してゆく。気付くと、かなり上まで昇っていた。船を見おろせる位置にまできたとき、煙突が横倒しになって、その根元から明かりが見えた。

明かりの見える穴の淵までくると、光の玉は消えてハルカが船の上に降り立った。

『中を見てください。タラップが見えるでしょう？』

〝彼〟は小さな声でハルカにささやく。不思議な船の上。煙突が倒れてできた入り口をのぞくと、確かにタラップが見える。

「タラップ？　コレのこと？」

『そう、それで降りてきてください』

〝声〟の言うとおりに中に入ると、そこには光輝く計器の壁と三つの座席があった。中は結構広くて、映画やＴＶに出てくる正義の味方が乗るマシンのコックピットに似ていた。ハルカが今立っているのは、三つある座席のちょうど真ん中で〝声〟はさらに一番艦首に近い座席に座ることを勧めた。

座席に座ると、真っ先に目に飛び込んできたのは、左右の二つのレバー、そして正面の大きなスクリーンだった。突然、付近のスピーカーから声が聞こえてきた。

〝彼〟の声だ！

『こんにちは』

さっきよりもはっきり聞こえる。あまりにも現実離れの現実が、洪水のように襲ってくる。確かに目の前にあるのだけれども、なんとなく理解できない。驚きすぎてしまったのだろうか。ハルカは口をきけなかった。

『ようやくお会いできましたね』

「？」

キョロキョロと辺りを見回すが、人の姿はおろか、気配すらない。不安になった彼女がコックピットで、初めて口を開いた。

「どこなの？　どこにいるの？」

クルクル辺りを見回しながら、ハルカが尋ねる。

『私ですか？　私ならば目の前にいるではありませんか』

突然、目の前のスクリーンがついて、辺りの様子と、ハルカの姿を映し出す。キョロキョロするのをやめたハルカがスクリーンの正面でかしこまる。でも、誰もいるようには見えない。

『あなたが外で見た船。あなたが今座っているコックピット……。すべて〝私〟ですよ』

「うそ！」

理解を超えた答えに思わず声を上げる。

『では、あなたは先ほど空間を座りながら空間を昇ったわけをどう説明するのですか？　あなたの前に突然現れた映像と、不思議な声との会話が説明できますか？』

驚いて何も言えないハルカに、たたみかけるように〝声〟は続ける。

『今さっきあなたに起こったことが現実だとしたら……。船がおしゃべりしても不思議ではないと思いませんか？　たとえあなたが信じなくとも、私がここに存在して、あなたと話している事実は否定しきれない。違いますか？　ハルカ・ウィルソン』

もし、こいつが詐欺師だとしたら、とんでもない超一流の詐欺師か、どうしようもないくらいバカなペテン師かのどちらかだろう。誘拐犯だとしても、十歳に満たない女の子の関心を引くのにここまではやらない。この〝船〟がしゃべっているとしたら、相手はコンピュータか？　コンピュータだとしたら、物凄い性能の持ち主だ。はじめは噛み合わなかった会話も思考も、だんだんとハルカに近いものとなってゆく。議論が無駄だとわかると、見て、体験させて、大人ならば絶対に納得はしないであろう強引な説得に持ってゆく。

だがしかし、悲しいかなハルカは子供であった。思わず彼女はうなずいた。今回はハルカの負けであった。

ハルカを屈服させた〝しゃべる船〟は、意気揚々と自己紹介をはじめた。

『先ほどは失礼いたしました。ただ、あなた自身の目で私を見て欲しかったのです。こんな話を洞窟の入り口でしても、ハルカは信じてくれなかったでしょう？　では、とりあえず、自己紹介を。私の名前は〝やまと〟。空を飛ぶことのできる……おもちゃの戦艦です』

本当は違うのだが、彼は自分をおもちゃだと理解してもらうのが一番の近道だと判断したらしい。案の定、ハルカはその言葉に反応した。座席から飛び跳ねるようにスクリーンに向かってしゃべりだす。

「おもちゃ？　あなたおもちゃなの？」

ハルカの顔は急に明るくなった。

『はい』

と、彼は即座に返事を返した。

運の良いことに、彼は人間ではなかった。人間であったなら、ガッツポーズを決めた瞬間を見られて嘘を見破られていたに違いない。

「へー、すごい！　TVゲームよりすごいんだねー。ねえ、どこのメーカーがあなたを作ったの？」

目を輝かせたハルカが笑顔で尋ねた。

『メーカーで作られたのではありませんが、基本的な技術はアメリカ、製造は日本です』

「じゃあ、ポケモンと同じなんだね」

『ええ』

うまい具合に会話が噛み合う。もっとも、彼はポケモンを知らないのだが……。

「ねえ、ねえ！」

『なんですか？』

「聞きたいことがあるのだけどいい？」

『私で答えられることであれば、お答えしますよ』

「私の本当のパパが生まれたのも日本なのよ。私の名前は永遠にとか、ずっと、とかいう意味があるんですって。世界中の言葉や名前には、すべて意味があるって、今のパパ、ダグラスが言っていた。だとしたら、あなたの名前には、どんな意味があるの？」

好奇心に満ちた瞳が〝彼〟を捉えてはなさない。なんの脈絡もない質問ではあるが、どうしてもハルカに協力してほしい〝しゃべる船〟は、気軽に質問に答えた。

『昔、日本にあった、私のモデルになった戦艦からつけたものです。その国には、イニシャルのような使い方をする〝漢字〟という文字があり、〝やまと〟という字は、モノの大きさを意味する〝大《ダイ》〟と、仲の良いことや、やさしい雰囲気を意味する〝和《ワ》〟という漢字を書くのです。それで〝やまと〟と……？　ハルカ？』

突然、会話を中断しなければならない事態が勃発する。

「うそつき！」

ハルカの眉間にみるみる縦ジワが生える。

『？』

「〝ダイワ〟って書くのに、なんで〝ヤマト〟なの！　猫と書けばネコだし、犬って書いたらイヌなのよ！　どうして私を、だまそうとするの？」

　笑顔はとてもかわいいくせに、一度ヘソを曲げたらちょっとやそっとでは元に戻らない頑固な女の子は、激しく眉間にシワを寄せて激烈に抗議する。アメリカでは確かにそうなのだが、日本ではそうではないことを理解してもらうのにどれほどの時間を費やすのだろう？

『……』

　押し黙った〝彼〟は、自らの存在を〝おもちゃ〟に変えたように、名前も変更せざるを得ない状況に陥ったことを悟った。

『ハルカ、すいません。そんなに怒らないで……。誤解です！　私の名前はあなたの言うように、確かに〝ダイワ〟です。でも、〝ヤマト〟と呼ばれているのも、事実なのです。あなたにもニックネームはあるでしょう？』

「でも、〝ヤマト〟っていう字は、〝ダイワ〟って書くって……」

『ハルカ……。人の話は最後までよく聞いてください！　いいですか？　昔の日本で作られた船の名前は地名から名前を付けることが多かったのです。そして、私のモデルとなった戦艦につけられた名前〝ダイワ〟と、ニックネーム〝ヤマト〟という地名は、日本に実際に存在していました。その土地ははじめ、〝ダイワ〟と呼ばれていました。それが時の移り変わりにより〝ヤマト〟と呼ばれるようになり、今ではその地名は〝キンキ〟と呼ばれています。ですが、私のモデルとなった戦艦がこの世界の海を航海していたときにはまだ〝キンキ〟という言葉はなく、その地名は〝ヤマト〟と呼ばれていました。

〝ヤマト〟より〝ダイワ〟の方が強そうだというので、名前が〝ダイワ〟となったのです。ところが私を〝ダイワ〟という昔の土地の名前より〝ヤマト〟いう新しい地名で呼ぶ人も多かったので、いつのまにか、ニックネームで〝ヤマト〟と呼ばれるようになったのです。ですから〝ダイワ〟も〝ヤマト〟も同じ土地を指す同じ意味を持つ言葉。両方とも私の名前なのです。嘘ではありません！』

ペテン師の口をもつ恐るべき〝しゃべる船〟は、思い切り嘘をつきながらハルカをだまし、ハルカの反応を見る。

「そ……そうなの？　なんだ、ニックネームならニックネームって言ってくれればいいのに。あなた、自己紹介の仕方がヘンよ！　そう言えば、日本で作られたって言っていたものね。今度、私がちゃんとした自己紹介の仕方を教えてあげるね。でも、私はニックネームより〝ダイワ〟のほうが呼びやすいわ。だから、今からあなたのことを〝ダイワ〟って呼ぶわよ。いいわね？」

ハルカも日本のことはあまり知らないので知ったかぶりをしながら機嫌をなおし、〝ダイワ〟を許した。

しかし、彼女との友情が終わるその日まで、〝彼〟はついに本当の名前で呼ばれることはなかった。この瞬間より、〝彼〟の名は〝ダイワ〟になってしまったのだ。

とにもかくにも、このことによりハルカとダイワの会話は進みはじめ、ペテン師〝ダイワ〟は、かなり強引な力技で、ハルカ・ウィルソンから信頼を勝ち得ることができたのだった。

自己紹介や説明が終わると、今度はハルカの目の前にタッチパネルが現れた。

『さあ、ハルカ！　マスタ登録をいたしましょう！　登録してください』

ダイワにとっては待ちに待った瞬間であった。早くマスタ登録を済ませて外に出なくては村がなくなってしまう。だが、ハルカは嫌そうな仕草でダイワに尋ねた。

「ねえ、ダイワ。どうしてもやらないとダメなの？」

『ダメです』

ダイワは急に甘えん坊に変身したハルカにキッパリと言い切った。

『大丈夫、心配することはありません。ここにあなたの生年月日と名前、脳波と心音のパルス、指紋と網膜と声紋を登録させてくだされば、すぐにでもお家に帰れますよ。それに、マスタがいなければ、私は空すら飛べないことは先ほど説明したでしょう？　ここから出られず、怪物たちもやっつけられなくてもよいのですか？』

自己紹介のあとダイワは色々話をしてくれたのだが、いざ、キーボードが目の前にくると、ハルカはしりごみした。

ダイワに対する不信感は消えたのであるが、ハルカはキーボードが大嫌いだった。学校のクラスでもハルカがPC《パソコン》のキーボードの前に座ると、必ず先生が後ろに立つのだ。もっとも勉強もしないで遊んでばかりいるハルカが悪いのだが、監視されながら打たされるPCのキーボードは、苦痛以外のなにものでもなかった。今の状況はそれに似ていた。

仕組みはよくわからないが、ダイワはマスタと呼ばれる人の命令がなければ動けないらしい。ただ、それは誰もがなれるわけではないが、ハルカには、どうもその資格があるようなのだ。詐欺師やペテン師が良く口にするセリフだが、これは事実だったし、自分は特別ですと言われて悪い気はしない。

それに、今まで渋っていたハルカがこのマスタ登録をする気になったのには、別の理由があった。いたって子供らしい単純な、でも、本人にとっては真面目で真剣な思い。嫌いなキーボードの前に座ってでもマスタになりたい理由。

それは外に出られてお家に帰れること。怖い〝怪物〟をダイワがやっつけてくれること。なによりも、この一風変わった〝しゃべる空を飛ぶという船〟が友達になってくれることだった。

ダイワを私の友達だ！　と言って紹介したら、みんなはきっと、驚くに違いない。みんなの驚く顔を想像しただけで、ハルカは飛び跳ねるぐらい楽しかった。トマスはきっと物凄く悔しがるにちがいない。なんと言って自慢しようか？　誰と誰を乗せてあげようか？　あとからあとから楽しい想像が生まれてくる。

　そんな想像を楽しみながら、ハルカは笑顔でゆっくりと手を伸ばした。

『では、名前から入力しましょう。いいですか？　まずは〝H〟から……』

「こう？」

『違います！　〝H〟は大文字です。ｓｐａｃｅキーを押しなさい!!』

「えっ？　そうだったっけ？」

　幼い女の子はさらに幼くおどけて見せた。コンピュータのダイワは、ため息はつけなかったが、呆れていた。でもその反面、こんな状況でおどけられるハルカを頼もしいと思っていた。

『！』

　ダイワは思考を一時中断すると、スクリーンのほうから声を出した。

『何をやっているのです？　生年月日はアルファベットではなく、そのままの数字入力で良いのです』

だが、ハルカはクスクスと小さな肩を震わせて笑っている。ダイワは一瞬、気が遠くなりそうだった。

『ああ、ハルカ良く聞いてください。今は一刻の猶予もないのです。さあ、ふざけないで、あとで遊んであげますから……』

しかたなしにハルカに遊ぶ約束をして、ダイワは話を先にすすめることにした。ハルカ・ウィルソンは案の定、その話にのってきた。みるからに楽しそうに返事をする。

「はーい。約束だよ！」

洞窟内にハルカの明るい声とダイワの叱咤する声がこだましていた……。

『さあ！　行きましょう！』

わずか九歳の女の子、ハルカ・ウィルソンのおかげで動けるようになった〝空飛ぶしゃべる戦艦ダイワ〟は、マスタ登録を終えたばかりのハルカを急かした。

だが、彼女は好奇心旺盛にキョロキョロと辺りを見回し、興味を引くものがあると、すぐイジろうとする。そのたびにダイワに怒られるのだ。

本来なら、ハルカとダイワの関係は逆で、ダイワが急かされる立場のはずであるが、この幼いマスタはとても無邪気で、あまりにも事態を把握していなかった。

しかし、ハルカにしてみれば、犬とその飼い主のようなつもりでいた。ましてや相手は人の言葉を話すのだ。対等の関係〝ともだち〟になれたと思っていた。古い言い方ではあるが、主従の関係になったとは、ゼリービーンズの欠片ほども思ってはいなかった。

ダイワはあせってはいたが、村で起こっている悲しい事実をこの幼いマスタに告げようとは思わなかった、ハルカはまだ子供で、一度パニックを起こすとまた出発が遅れることになる。

ダイワはそれを恐れた。ハルカがパニックを起こす事態と確率が高いことを〝彼〟は学習していた。

「これからどうするの？」

彼女はこれからダイワに乗って家に帰るのだ。こんな帰宅は今まで一度もしたことはない。第一この洞窟の中からどうやってダイワは外へ出るつもりなのだろう？

ハルカは不思議に思ったと同時にワクワクしていた。ダイワのコックピットに座ってはいるが、飛ばし方なんか知らないし、パイロットになるだなんてとんでもない。

好奇心に満ちた彼女の熱い眼差しは前方のスクリーンに注がれていたが、次のダイワの言葉でふてくされてうつむくこととなる。

『ベルトをシッカリ締めて、おとなしくしていてください！　では、行きますよ』

この言葉を聞いて、ハルカは少しショックだった。ダイワはパパとママみたいなことを言うのだ。今まで動くのにはハルカの力が必要だと言っていたくせに、ダイワはいざとなると何も手伝わせてはくれないのだ。この行為はいささか彼女のプライドを傷つけた。しかし、ダイワも彼女を理解してきたように、彼女も彼女なりにダイワという存在を理解しはじめていた。だが、残念なことに、その理解は悪い方向に使われてしまった。

コックピット内で小悪魔がささやき出す。

「ねえ、ダイワ。ここコックピットだよね？　このレバーで、アナタは飛ぶのでしょう？　レバーをどう動かしたら、飛べるの？」

ハルカは笑顔でダイワに尋ねた。

『いいですかハルカ？　まず飛行するのにはホバーリングしなければなりません。ホバーリングするには右のレバーをアップに……』

なんということだろう。この悪魔のささやきに、ダイワは耳を傾けてしまった！　ダイワは彼女に基本的なレバーの使い方を教えてしまったのだ！　ダイワとしては聞かれたのでマニュアル通りの受け答えをしただけなのだが、あまりにも相手が悪すぎた!!　ひと通り教えたあと、今はダメですよと注意するはずであったが、行動派のハルカはすでに次のアクションを起こしていた。

身も凍る短い悪夢がはじまる。

ダイワの意思に反して、〝彼〟の船体はホバーリングをはじめた。物凄い勢いをつけてダイワは上昇をはじめ、ハルカのおさげの髪が宙に浮かび、身体がコックピットの座席にメリ込む。もちろんダイワは、止めようとしたのだが、ハルカがレバーを浮上の状態で握ったままコックピットにしがみついているので止められない。ハルカはというと、あまりの揺れの激しさに、悲鳴を上げながらレバーを硬く握り締めてしがみついていた。

「キャー!!　ダイワ、ダイワ！　怒ったの？　ごめんなさい！」

ハルカはダイワが怒ったものと勘違いしているらしい。

幼いマスタが引き起こしたこのハプニングは、どうやらダイワ自身が収めなくてはならないらしい。だが、ダイワの対処は素早かった。

〝彼〟はとっさに船体全てをシールドという先ほどハルカを自分の中に導いた光の玉で包み込み、天井からの衝撃に備えた。聡明な電子の頭脳で亀裂が入り砕きやすいポイントを割り出すと、そのポイントに向かって進み、脱出の準備にとりかかった。

ダイワが光の玉を作った直後、物凄い轟音と共に光るダイワと天井がぶつかりあう。コックピットの座席で荒波にもまれる人形のようにハルカは揺さぶられた。

ハルカは目をつむり、心の中で懸命に神様に祈っていた。

〝神様ごめんなさい！　もう悪いことはしません、大人しくしています。だから、助けて！〟

原因はハルカが今も両手にギュッと握っているレバーにあるのだが、ダイワとハルカにはすでにそのミステイクを指摘するヒマも、改善する余地もなくなっていた。懸命に唱える心の祈りとは裏腹に、光の玉が岩をくだく轟音と衝撃はますますひどくなる。ハルカは生きた心地がしなかった。

『ハルカ！　大丈夫ですか？　シッカリつかまっていてください！　大丈夫！　私がなんとかいたします！　舌を噛まないように気をつけてください！』

ハルカを励ましながら、ダイワは天井の岩を光の玉で粉砕して上昇していく。ガガガッという、この世の終わりかと思うほどの轟音と衝撃がどれほど続いたのか？音と揺れが治まり、汗をビッショリかき、震えながらレバーから両手を放したとき、気付くとハルカの前のスクリーンには、外の風景が映し出されていた。

†

ハルカが洞窟から脱出すべく悪戦苦闘をしていた頃、村の空を黒く染め大地を緋《ひ》色《いろ》に焼き付けながら、怪物たちは自らが主宰する炎の酒宴に酔いしれていた。この村にあるもの全ては四本の腕から放たれる、恐ろしい破壊力を秘めた爆音により原型を留めていなかった。かろうじて原型を留めていた形あるものも、すべて緋色の炎にメラメラと蝕まれていた。

それは、ハルカ・ウィルソンの両親とて、例外ではなかった。

平和な村が怪物たちに襲われたこの日も、ハルカの父、ダグラス・ウィルソンは早々に仕事を切り上げて家に戻り、ハルカが学校から帰って来るのを待っていた。それが彼の日課だったからだ。

彼の妻はサラ・ウィルソン。ハルカは彼女の連れ子で、ダグラスの本当の娘ではなかったが、ダグラスは血のつながりはないが、でも、いつも明るく元気なハルカを実の娘のようにかわいがっていた。彼は実の父親以上に彼女を愛し、ハルカもまた、彼によくなついていた。ハルカが初めて彼の家にやってきたときから、ダグラスは夕方には家に帰り、そのまま家族で夕食を迎えるようにした。この習慣は、ハルカがダグラスになついた今も変わらなかった。

また、ダグラスは仕事にも熱心な男で、働く時間を家族のために早く切り上げる代わりに、朝は太陽より早く起き、この村の農場の誰よりも良く働いた。村では、働き者のダグラスの名前を知らない者は、一人としていなかった。

そして、彼の妻であり、ハルカの母親のサラ・ウィルソンもまた、二十代の若さでありながら彼を良く支えた。裕福ではなかったが、家族はささやかな幸せに満ちあふれていた。

怪物たちがこの村を襲いはじめたとき、ウィルソン夫婦は、この事実を知らず、ハルカの母、サラは娘の大好きな川魚のムニエルの準備をし、父ダグラスは今日の疲れを癒すためにシャワーを浴びている最中だった。最初に異変に気付いたのはサラであった。

キッチンから見たダイニングの窓。その遠くの風景に見慣れぬいくつもの黒い筋が、何本も何本も立ち上っているのが見えた。

〝なにかしら?〟

彼女の注意は見慣れぬ黒い線に注がれ、不信に思いジッと見ていると、はるか遠くで閃光が見えた直後、それまで何もなかった地点から沸き起こった黒い一条の黒い煙の線が立ち上った。

サラはあまりにも信じられない現実に愕然《がくぜん》とすると、心の中で神に祈りを捧げ、キッチンを走り去った。

「ダグラス！　大変よ！　早く出て！　急いで！」

ノックのない妻の来訪に、シャワーを浴びていた夫は驚き、思わずタオルで前を隠す。だが、サラはそんなダグラスを無視して早口に異変を告げた。二人はしばらく顔を見合わせていたが、サラの表情は、ダグラスの見ている前で見る見る険しくなり、涙のあふれる眼を両手で隠しながら、愛しい我が子の名前を呟いた。

「ああ、ハルカ……」

その言葉を聞いたダグラスの行動は、勇気のある、そして的確な行動だった。彼は、悲しむサラの髪に優しく触れ、額にキスをすると、

「大丈夫、大丈夫だ！」

と彼女の耳元に励ましの言葉をかけて、冷静になるように諭した。

サラが冷静さを取り戻したのを確かめると、ダグラスは、彼女がいつも貴重品を

入れていたトランクのことを思い出し、二階のベッドの下から持ってくるように言うと、バスルームに用意してあった着替えに手を伸ばした。

ダグラス・ウィルソンの愛する妻サラには、面白い癖があった。貴重品や自分の大切なものを全て、いつでも持ち出せるようなトランクに詰めておくという不思議な癖だ。

この村は、村ハズレにある森が時々山火事になったり、忘れた頃に地震かな？と思えるくらいの地震がくるくらいで、後は何十年も、いや、村ができた頃から災害らしい災害はない平和な村で、保安官でさえ山火事と獣が出たときぐらいしか活躍の場がない。村に来てから、もう十年にはなろうというのに、サラのこの癖だけは直らなかった。

なによりサラは、自分の過去をあまりしゃべりたがらなかった。

一緒にずっと暮らしていても、彼女のことで知っているのは、西海岸の方で生まれたことと、ハルカの父親が東洋系の人物で、今はこの世に居ないことだけだった。

ダグラスが着替えを終え、車のキーを手にしたとき、サラが息を切らせて二階から降りてきた。

「ダグラス！」

これ以上はない真剣な顔で自分を見る妻の顔に、彼は冷静を装うかのようにやさしく、そして、力強くサラに言葉をかけた。

「行こう！　ハルカが待っている」

ダグラスはサラの手を取り、廊下に出た。その直後、彼は今まで味わったことのない強烈な振動を感じた。どこかで何かが崩れる音が聞こえて意識が途絶えた。

気が付くと、ダグラスの目は煙の向こうの青空を映していた。

〝なんで青空が……？　なぜ、僕は空を見ているのだろう？〟

彼は不思議に思い、身体を起こそうとしたが、彼の身体はピクリとも動かなかった。

〝ああ、なんということだ！　こんな大変なときに……〟

ダグラスは、娘のことを思いながら、己の不運に絶望した。木材の掛け布団の重みにまた意識が遠のいてゆく。彼は残された意識を振り絞り、愛しい娘の名前を呟く。

「ハルカ……」

薄れていく意識の中で、彼は木でできた即席の掛け布団の中にある妻の手を握り締めると、意識が遠いた。遠く、地元の人々が〝ハゲワシ〟と呼んでいる岩山の方向で大きな音が聞こえたが、気にはならなかった。愛する家族さえ無事であってくれさえすればいい。ダグラス・ウィルソンは、そのことだけを祈って静かに目を閉じた。

彼が意識を失って一分も経たないうちに、二回目の衝撃が彼らを襲ったが、二人とも、もう、痛みを感じることはできなかった。

†

シールドという光の玉につつまれ、轟音とともに岩山の頂上から外へ出たハルカとしゃべる空飛ぶ戦艦ダイワは絶句した。村は赤と黒のコントラストで覆われ、ハルカとダイワが知っていた風景はもうどこにもない。

『間に合わなかった……』

いつも無愛想な彼のつぶやきが、このときばかりはとても悲しそうに聞こえた。

ダイワの言葉を聞いて、ハルカは不安な心を大きくした。

「パパ、ママ……」

ハルカは両親の身を案じた。だが、ダイワは何も応えてくれない。

「ダイワ、どうしよう?」

不安がるハルカの声を聞き、ダイワは彼女を励ました。今はこのピンチを乗り切らなければならない。この悲しい現実を、幼いマスタに教えるべきではない。ダイワはそう判断した。

『ハルカ、シッカリしなさい! この村を救えるのは、私とあなただけなのですよ』

けたたましくコックピット内にブザーが響きわたる。

「きゃ! なに? どうしたの?」

驚いてハルカはダイワに尋ねた。

『どうやら怪物たちも、私たちに気付いたようです! 先手を取りましょう』

〝先手……?〟

ハルカはあまり聞いたことのない言葉を聞き返そうとしたが、すぐにダイワに阻まれた。

『ハルカ！　私の船体をあなたに預けます。私の言うとおりにレバーを動かしてください！　いいですね？』

「ど、どう動かすの？」

突然のダイワの言葉に戸惑いながら、ハルカがダイワに聞くと、間髪を入れずに答えが帰ってきた。

『目の前のレバーを見てください。レバーの内側に、ランプがついているのがわかりますか？　ランプの先端に合わせて、レバーを動かしてください。あとのフォローは私にまかせてください』

「うん、わかった！」

今まで味わったことのない緊張感がハルカとダイワを包んでいた。トクン、トクンとハルカの心臓の動きが早くなる。ダイワは自分の船体を包む光を一段と輝かせると、岩山に続いている小道を一陣の風かと思うほど素早く駆け下りた。

『ハルカ！　レバーを！』

左右のレバーをランプの指示どおりに、力いっぱい右に切る。ダイワは燃え盛る畑の上をスライディングすると、左側面に向けていた大中五つの砲台から太陽と雷を一緒に打ち出したような、轟音と爆音を轟かせた。

ハルカがポカンと口を開ける前に、村の北西からダイワに迫っていた怪物の群れが光と噴煙に包まれ、見えなくなった。五匹くらいいただろうか？　次の瞬間、スクリーンの中で怪物は小さな破片をばらまいて煙に変わった。コックピットの中にハルカの歓声が響く。

「ダイワ……」

〝あなた、とても強いんだね〟

と、声をかけようとした瞬間、ハルカの身体は空間のさまざまな方向に向かって激しく揺れた。

「キャアアア！」

コックピット内に幼い悲鳴が響き、恐ろしさのあまり、彼女は目を硬く閉じた。

〝自分は天国に召されてしまったのだろうか？〟

恐る恐る目を開けると、先ほどと全然変わらないコックピットが目の前にあった。

驚いたのは怪物たちだった。

今まで無敵を誇っていた彼らは、信じられない光景をまのあたりにした。

鼓膜が破れそうな大音響と目も眩む閃光から現れたのは、光の玉に守られてまったく無傷のとても小さい空を飛ぶ戦艦だった。怪物たちは、レンズの目の中で何かしらのデーターを探していたが、何も情報は得られなかったらしく、戸惑っていた。

信じられなかったのは、ハルカも同じだった。

「ダイワ……なんともないの？」

自分の身体とコックピットをキョロキョロ見つめながら、不思議がる幼いマスタにダイワが答える。

『ええ、あなたが舌を噛んでいないのであれば、まったくの無傷です。私に〝シールド〟がある限り、彼らは私たちにかすり傷一つ負わせることはできません』

ダイワとしては本当に彼女のことが心配だったのだが、この言葉を受けてハルカ・ウィルソンは、〝この光の玉はシールドっていうのか〟と納得しながらも、皮肉

たっぷりに、

「あらそう、ずいぶんお強いのね！」

と、やり返した。先ほどの言葉は、レディのお耳にはそぐわなかったらしい。

『ハルカ、機嫌を直して。怪物たちは私たちの出現に戸惑っているようです。今がチャンスです！』

ふて腐れながらダイワの指示に従う。小さな両の手に力を込めると、ダイワは、また動き出した。

村の端を西から東に移動しながら、ダイワは五つの砲塔《ほうとう》から再び光を煌《きら》めかせた。その光は村の北西から迫ってきていた怪物たちに吸い込まれるように消えて、夕日に小さく輝きながら、怪物たちはこの世から消えうせた。怪物たちをやっつけたのだ！　ハルカは飛び上がり、胸の前でガッツポーズを作りながら〝YES、YES〟とよろこんだ。

「やった！　ダイワ、スゴイよ！　あの怪物たちをやっつけちゃった！」

だが、ダイワからは何の指示もない。

〝やだ！　あいつらの仲間がまだいるのかしら？〟

自分の住んでいるところに、あんな怪物がウジャウジャいるだなんて信じられない。想像するのもいやだ。ハルカは泣きたくなった。

すでにハルカとダイワの二人は、村の反対側に出ていた。この畑を突っ切れば、休日にハルカの父、ダグラスが良く釣りをしていた用水路が見えてくるはずだ。スクリーンからダイワの声が聞こえてくる。

『どうやら、私の作戦に引っかかってくれたようです。怪物たちがひとかたまりになって襲ってきますよ。ハルカ、気をつけて！』

ダイワの声に、スクリーンへ目をやると、町の中心から怪物たちが追ってくるのが見えた。背中の電気で作った四枚羽が不気味さをいっそう際立たせている。パッと見た限りで十五、六匹は飛んでいる。ハルカは、しかめっ面で神に祈りを捧げると、ダイワに語りかけた。

「まだ、あんなにいたの？　どうやってやっつけるつもり？」

『私に考えがあります。用水路が見えてきたら、両方のレバーをまた右に切ってください。いいですね？　右ですよ』

ダイワは彼女にそう言い聞かせた。彼の言い方が少しカンに触ったが、ダイワがそう言ってるんだからと思い直し、ハルカはレバーのグリップを握り直した。

「ダイワ！　見えたよ！」

目の前のスクリーンに用水路が迫ってくる。その横のスクリーンには怪物たちの姿が確認できた。ハルカの胸の奥でドキンドキンと心臓の音が再び早くなる。

「ねえ、ダイワまだ？」

『もう少し、あと、ちょっとです』

前方のスクリーンが分割され、怪物たちの姿が次々と映し出された。丸い円を背負った十字架が怪物たちを無の世界に返すべく、彼らを捉えようとしている。

『ハルカ！』

不意にダイワがハルカの名前を呼び、彼女がレバーを握る両手で力強くダイワの声に応えると、ダイワは船体のすべてを、怪物たちにさらけだした。

前後にある五つの砲台が、たちまち閃光を放つ。今まで怪物たちを映していたスクリーンはダイワが発した光で真っ白になり、光の束が怪物たちに向かってゆく。

怪物たちも、それを予測していたのだろうか？　前回と違い、反撃を試みる。スパークする放電の羽をいっそう怒らせると、樽ほどある大きな尻尾をハルカたちに向けたのだ。ダイワが放った光の束は雷の雨になって怪物たちに降り注ぐ。怪物が数匹ダイワの雷に飲まれたが、それより早く怪物たちは尻尾を切り離した。付け根から煙を吐いた尻尾は、グングンとハルカたちに迫ってくる。

ハルカ・ウィルソンは自分の目を疑った。存在自体が非現実的な彼らが、さらに非現実的な手段で自分を襲おうとしているのだ。

「信じられない！　うそでしょう？　ダイワ大変だよ!!」

ハルカがほとんど半泣きの状態で、ダイワに助けを求める。ピッ、というアラームの音が聞こえて、ハルカの意思とは関係なくダイワが動きはじめる。

自動操縦に切り替わったのだ。

彼は、艦首を怪物たちに向けると、シールドの大きさを最小限に絞り、まるで、ダイワ自身が光の鎧を着ているかのようにすると、真一文字に怪物たちに向かっていった。ダイワがビュンビュン音を立てて、怪物たちに近づいてゆく。

「ダ……ダイワ？　あなた何をやっているのよ？　このままじゃぶつかっちゃう！　やめて！　ダイワ、ストップ！　止まって、ダイワーッ!!」

ハルカは生きた心地がしなかった。どんな遊園地にもこんな悪趣味なアトラクションなんてありはしない。なんといっても自分の命がかかっているのだ。心の中で何回か神に祈ったが、教会に渋々行ってやっとお祈りのできる彼女は、天国に召される自信がなかった。ハルカは悲鳴を上げ、声が枯れるほど叫ぶと、あとは歯を食いしばり、コックピットにしがみついた。

『ハルカ！　しっかりつかまっていてください！』

ダイワは、自分にしがみついている幼いマスタを確認すると、さらにスピードを上げて、怪物の群れへ飛び込んだ。スクリーンの怪物が、見たこともないくらい大きく映る。ハルカは背もたれに身体をメリ込ませて、恐ろしい振動に備えた。

迫る怪物たちの尻尾をくぐり抜けて、怪物の群れの中を小さな戦艦の形をした光の矢が駆け抜けると、大きな爆発音がいくつも轟いた。

さらにダイワは駆け抜けたあと、スピンすると、艦首を再び怪物たちに向けて、振り向きざまに砲塔を煌めかせた。五つの閃光と五つの轟音と共に怪物たちは姿を消した。

「終わったの……？」

ハルカはほっと胸をなでおろして顔を上げると、緊張していた顔は自然に緩んだ。なんだか嬉しさがこみ上げてくる。

「やったね！　ダイワ!!　ビックリしたよ！　あなたがこんなに強いなんて思わなかった！」

だが、はしゃぐハルカとは対照的に、ダイワは沈黙を守った。

「ダイワ、どうしたの……？　うれしくないの？　村は助かったんだよ。怪物たちを全部やっつけたんだよ！」

ハルカは不思議に思った。数分待ったが、ダイワはそれでも答えない。

「ねえ、どうしたの？」

ハルカは〝どうしちゃったんだろう？　ひょっとして壊れちゃったのかな？〟と、

思って心配になったが、〝何か考えているのかも〟と思って口をつぐんだ。

『ハルカ……』

ダイワは幼いマスタの名前を呟いた。どうすれば彼女を傷つけないで、悲しい事実を伝えられるのだろう。怪物たちには無敵のダイワも、全てにおいて完璧ではなかった。だが、ダイワの思いとは裏腹に、ついにそのときはやってきた。

はじめはダイワの様子をうかがってじっとしていた彼女だが、飽きてきたのだろうか？　コックピットで退屈そうに足をブラつかせはじめた。

「ねえ、ダイワ？　怪物たちはいなくなったのでしょう？　だったら、早く私のお家に行こう！　私のパパに、あなたのことを紹介してあげる!!　ママとはお友達なのだから、紹介の必要なんかないよね？」

無邪気に問いかけるハルカに、ダイワはまたも沈黙を保ったままだった。

〝ホントにどうしちゃったんだろう？　さっきまでは、イロイロしゃべってくれていたのに……〟

ハルカは思い切ってダイワに話しかけてみた。

「ダイワ?」

眉毛にシワをよせて、目の前にあるスクリーンに語りかけた。

『ハルカ。もうないのです』

「えっ?」

一瞬、彼女はダイワが何を言っているのか理解できなかった。それを察したのか、ダイワはあらためてこう言い切った。

『ハルカ、もう、ないのです。あなたの帰る家はもう、どこにも……』

「うそ!!」

ハルカの顔から一瞬にして、血の気が失せた。震える声でダイワの言葉を否定しようと反撃を試みる。

「こんなときに悪い冗談はやめて! あなたはすごく悪趣味だわ!」

ダイワは言葉で答えるかわりに、スクリーンに、一軒の廃屋を見せた。はじめは何か、彼女にはわからなかった。だが、スクリーンに映された赤と黒のコントラストで彩られた廃屋の周りは、ハルカには見覚えのあるものばかりだった。彼女が理解したのを知ると、ダイワはスクリーンを消した。

「うそ……、大変だわ！　早くお家に帰らなくちゃ。パパとママが心配している」

『ハルカ？』

カタカタと震えながら、大粒の涙を流してハルカは訴えた。

「だって、だって、この時間にはいつも、ハルカが帰るのを、二人して待っていてくれるんだよ。今日だってきっとそうだよ。早く帰らなくっちゃ！　きっと、きっと、心配しているよ。だって、あんなに怖い怪物が襲ってきたんだから……」

『……』

「お願い！　ダイワ……。私をお家に連れて行って！　お願い」

ハルカは両手を祈るように組み、ダイワの声が聞こえてくるスクリーンを見つめていた。

真実を伝えるべきなのだろうか？　ごまかすことはできる。だが、ダイワは静かに艦首をハルカの家があった方向に向けて動き出した。それは先ほどの怪物たちの前で見せた彼の動きとは別物であった。燃える畑をバックに、ゆっくりと進むダイワ。陽が暮れはじめ、ますますオレンジ色に景色が染まってゆく中、ダイワはハルカの家だったところにたどり着いた。

目の前には、先ほどスクリーンに映った景色が広がった。まだ、あちこちから煙がくすぶり、家の入り口には炎のカーテンがあった。ハルカが良く遊んだ庭のブランコは瓦礫《がれき》に埋もれ、トマスと一緒に木登りをしては、ママに怒られていた大きな木はそこにはなかった。

「パパ……。ママ」

ハルカはすぐに降りようとしたが、ダイワは許してくれない。イライラと不安がつのり、大声をあげる。

「早くハッチを開けて!」

『ハルカ、もうあそこにはあなたの知っている家はありません! とても危険なのですよ。こんな危ないところにあなたを降ろすわけにはいきません!』

「ダイワ!!」

『この村も安全とは言えません。どこか安全な場所に移動して、これからのことを考えましょう』

「イヤ！　絶対にイヤ！　パパとママはいつも私の帰りを待っていてくれたもの。今日だってきっと待っているはずよ！　お家があんなになってしまったんだもの。ひょっとしたら、ケガをしているかもしれない！　だから助けに行かなくちゃ。きっと、私のことを心配している……。だから……、降ろして……。お願い」

思いつめた様子のハルカに、ダイワはついに真実を語った。

『ハルカ……。良く聞いてください』

ハルカは目の前のスクリーンを静かに見すえた。ダイワは一呼吸置くと、静かに言葉を続けた。

『もう、あなたのパパとママは、いないのです』

「うそ!!」

『本当です』

『ハルカ……。この村の中で、話をすることができるのは、もう、私とハルカだけなのですよ』

「うそ！　うそよ！　そんなヒドイでたらめを言わないで！　そんなことばかり言っていると、私、本気で怒るわよ！」

癇癪《かんしゃく》を起こしたハルカは、ダイワに食ってかかる。座席に立ち上がり、今にも暴れ出しそうだった。

『ハルカ!!』

ダイワはスピーカーの音量を上げて、彼女をたしなめた。

「本気で……。怒るわよ……」

『状況を考えてください。このような状況で冗談が言えると思いますか？』

「じゃあ、私のパパは……ダグラスはどこにいるの？　ママは……どうしたの？近所のトマスや、先生の……テレサは？　みんな、みんなはどうしたの？」

『……』

「どうしたの？　ダイワ……、こたえて！　こたえてよ！　みんな、どうしちゃったの！　ねえ！　こたえて！」

『……』

「ダイワ……、どうして……。どうして何も言ってくれないの？　うそだって言ってよ……。あなたの間違いだよってこたえて！　みんなは無事だよって……、元気だよって、おねがいだから……、おねがいだからそう言って！　ダイワ……おねがい……」

ハルカの前にあったスクリーンはもう消え、ダイワの船内には外から聞こえる怪物たちの残した薪《たきぎ》の音だけが響いていた。

「おねがい……」

最後にハルカは小さくつぶやいたが、そこにはいつもの明るく元気な彼女の姿はなかった。顔を両手で覆っているハルカの小さな肩が震えている。

こうして、ハルカとダイワと怪物たちの出会いは終わった。

ダイワにはマスタの命令であっても、受け入れられない命令が一つだけあった。

それは、マスタの生命に関わる命令。今ハルカを降ろせば、彼女は炎の中に飛び込んで行きかねない。後先を考えないで行動するこの娘には、その可能性は十分すぎるほどあった。

だが、ダイワはこの場を動こうとはしなかった。彼は、ハルカにどんなに悪口を言われ、船内で暴れられても、その場に留まり続けた。

それは、彼なりの精一杯のやさしさであったのだろう。ダイワは人間ではなかったが、彼女の悲しみは少しだけ理解できた。〝彼〟もまた、ハルカの生まれる少し前にかけがえのないマスタを失っているのだ。マスタを失ったダイワは、あの暗い洞窟で、ずっと一人ぼっちで待っていた。新しいマスタが現れるのをずっと。

そして今日、やっと新しいマスタ、〝ハルカ・ウィルソン〟に出会えて、暗闇から解放されたというのに、〝彼〟を知る数少ない友人はいなくなり、新たなる幼いマスタが、たとえようのない悲しみにうちひしがれているのを見るのはつらかった。

そう、人間ではないけれども、ダイワは人の心を持っているのだ。

悲しいけれども、これが二人の出会いと、冒険のはじまりだった。

新しいマスタであり、友達であるハルカの涙と家族の思い出の残り火が消えるまで、ハルカと共にダイワはずっとそこにいた。

たった今、地図から永遠に消えてしまった、その村に……。

Chapter 2

もうひとつの出会い

空を飛び、しゃべる戦艦ダイワとハルカは、ミズーリ川を下っていた。

怪物たちとの接触を極力避け、できればアメリカの陸軍か、空軍なりに保護を求めたほうがいいと言うダイワの提案にハルカがうなずいたからだ。

早いもので、二人が出会ってから二ヵ月も経つ。それはハルカが両親との別れを告げるのに要した時間でもあった。

口ゲンカもした。助け合ったりもした。その時間の中でいつしか二人は親子のような、親しい友達のような、奇妙な絆で結ばれていき、お互いのスタンスもハッキリしてきた。

たとえば、朝はダイワが起こしてくれる。起きたらハルカはダイワが獲ってくれた魚などを、自分でムニエルにしてテーブルにならべて食べる。基本的にダイワは手伝うが、決してハルカを甘やかしたりしなかった。

†

もっともテーブルといっても、飛行機などに付いている小型のもので、ダイワの中にあるテーブルは壁から生えてきた。

また、ダイワのシールドはとても便利で、彼は自分やハルカの身を守る以外に、半径一キロ以内であればどこにでもシールドを作れ、その力を応用して川魚などを獲ってくれた。シールドはハルカを守る盾であり、ダイワの鎧であり、手でもあった。

さすがに手のこんだ料理はできなかったが、冷凍食品などのレンジやオーブンを使う簡単な料理であれば、シールドの力で作って持ってきてくれた。ダイワのコックピットの中には、冷蔵庫も簡易式のキッチンもあり、ハルカが一日三食食べても一ヵ月はかかるほどの食料も積めた。

毎朝の料理。ハルカは面倒なのでレトルトを食べようとすると、ダイワはいつも怒る。

『あなたは育ち盛りなのですから、新鮮な野菜やお肉を食べなければなりません。レトルトは非常食です』

と言って、ハルカに料理をさせて食べさせた。

こんなことなら、ダイワに『料理はできますか?』と聞かれたときに、できないと答えておくのだった。

キッチンに立って料理を作るたびに、ハルカは後悔していた。

あれはハルカとダイワが会ってから、どれくらいたった日のことだったろう。

ダイワと初めて会って、泣きながらハルカの家から旅立った日から二日間、ハルカは何も食べなかったが、ダイワは毎日食事の時間になると、ハルカの前にシールドの力を使って食べ物を置いてくれた。

それから一日経ち、三日目が過ぎようとしたとき、ハルカのお腹が鳴った。すると、ダイワは食事の時間でもないのに、シールドの力で封の開いていないチョコレートとビスケットをハルカの前に差し出し、優しく声をかけた。

『きっと、おいしいですよ。さあ、たべましょう』

この優しい声を聞いて、ハルカは、チョコとビスケに手を伸ばした。

口からポロポロとお菓子はこぼれて、顔は涙でグシャグシャだった。でも、とてもおいしかったのをハルカは憶えている。

だが、ダイワがハルカとしゃべることができたのは、それから三週間もあとのことだった。

ハルカはずっと、ダイワと話をしなかったが、彼は何も答えないハルカに根気強く話しかけた。

あるとき、ダイワはおもしろい提案をしてきた。

『ハルカ、今日は一緒に料理を作りましょう。料理はできますか？』

この言葉を聞いて、ハルカは思った。ダイワはなんて変わっているヤツなんだろう！　空を飛べて、おしゃべりをして、不思議な力をいっぱい持っていて、それに料理までできるのか？　このところ、ずっと忘れていたワクワクがハルカに戻ってきた瞬間、ダイワの苦労が報われた瞬間だった。

「できるよ」

ハルカは無愛想にそう呟いた。

『ハルカ？』

久しぶりに聞くハルカの声にダイワは驚いた。

「……」

『……』

ここまできて、チャンスを逃すわけにはいかない。

ダイワは一呼吸置くと、あらためて彼女に優しく語りかけた。

『どのような、レパートリーをお持ちなのですか？　それに合わせて、材料を調達してきましょう』

ダイワはつとめて明るく、包みこむようにハルカに尋ねた。

『さあ、ハルカ。答えて。あなたの得意な料理はなんですか？』

頬を赤く染めて、少しうつむきがちになりながら、ハルカは答えた。

「ム……、ムニエル……」

『そうですか……。ムニエルが得意なのですね？　では、一緒にムニエルを作りましょう』

こうして、三週間ぶりに話をすることができた二人は、一緒にムニエルを作ることになった。

ダイワは普通の船なら、艦橋と呼ばれるトゲの生えた小さなビルの上に乗っかっているレーダーをクルクル回すと、コックピット内にピコンピコンという機械音を響かせた。

しばらくすると、コックピットのスクリーンに、河の中の映像が、コンピュータグラフィックスの画像で映りはじめた。

大きい光の点や、小さな光の点が画面のいたるところで動き回っていた。

ダイワはその中の一つをターゲットに選ぶと、しばらくして、ハルカに外に出るように勧めた。

ハッチが開き、ハルカが外に出ると、彼女の目の前に、両手で持ちきれないほど大きな魚がシールドに包まれて中ではねていた。

『材料はこれでいいですか?』

ダイワが涼しい声で尋ねたが、ハルカはビックリしてダイワに言った。

「こんなに大きいお魚、私じゃ料理できないよ。これくらいで十分」

と、ハルカは小さい手でサイズを指定した。

だが、ダイワは不満そうだ。

『あなたは育ち盛りなのですから、新鮮な魚貝類も食べなければ。残った分は冷蔵庫に入れておけばよいのですから』

そんなことを言われても、ハルカはこんな大きな魚の料理の仕方なんかわからない。ムニエルを作れると言っても、フライパンにバターを落として蒸すように焼くぐらいのものだ。

困り果てた彼女は正直に、ダイワにそのことを話した。

「ゴメンネ、ダイワ。私、こんな大きなお魚をお料理したことないの。だけど、これくらいならお料理できる」

ハルカは、再び大きさを手振りで示した。

『切り身ではないのですね?』

どうやら彼の頭の中にあるムニエルは、ずいぶん本格的なものらしい。多分、一流のコックがマスのムニエルを作るようなものだろう。案の定、材料が一通りそろうと、彼はソースの材料は何にするのか聞いてきた。オレンジソースが彼のおすすめらしい。

ハルカはもちろん〝NO！〟と、悲鳴を上げることとなった。

ダイワは料理のときも、ハルカの良きパートナーだった。

「ダイワ、塩を取って！」

と、言うと器用にシールドの力を使って、塩をハルカに手渡した。

「ありがとう！」

『いえ、それよりも焦がさないように気をつけてください』

こうして、ハルカとダイワの初めての料理は完成した。

だが、それはムニエルというより、果てしなく蒸し焼きに近いムニエルであった。

この日から、ダイワとハルカの料理への探求は毎食続けられることとなり、バターの煮魚風焼き魚のムニエルは完全なるムニエルになることはなく、バリエーションだけが豊富に増えていくこととなる。

今日もまた、ダイワに見守られ作ったムニエルは、ニジマスをキャロットバターで仕上げたものであった。

『どうですか？　ハルカ』

「うん、おいしい」

『では、ランチはオーブンの焼き魚とサラダにしましょう。オーブンでの焼き魚なら私でも作れるようになりましたから。ですが、サラダはお願いしますよ』

「えー？　また？」

『またとは何です。油濃いものばかりだと、美容にも健康にも良くないのですよ。あなたは女の子なのだから、余計そういったものに気をつけなければなりません』

せっかくのさわやかな朝が、この一言で大変、居心地の悪いものになった。

ハルカの希望としてはホットドックなのだが、ダイワに言ったところで、きっとダメと言われるに違いない。キャベツの葉をムシル自分の姿を想像しただけで憂鬱だ。

そんなとき、急にダイワのコックピットが騒がしくなった。けたたましくブザー音がなり、ダイワの声がハルカの耳をたたく。

『ハルカ！　座席に座って、急いで！』

ダイワの指示よりも早く、ハルカの身体はアクションを起こす。この二ヵ月のうちに身についたものだ。

　急いで座席に座りながら、ダイワに尋ねた。

「なにがあったの？　また、怪物たちが現われたの？」

『山向こうの町が怪物たちの襲撃を受けています。ハルカ！　どうしますか？』

　この言葉を受けて、幼いマスタは少し困った顔をして、ダイワに尋ねた。

「ダイワ、モニタで様子を見られる？」

『了解しました。少しお待ちください』

　声が消えるとハルカの目の前にモニタが現われた。そこには炎と黒い煙に包まれていくスーパーマーケットが映し出された。まばらではあるが、駐車場に止まっていた車も空に舞うのが見える。逃げ惑う人々。親子だろうか？　小さな男の子の手を引き、懸命に走る女の人の姿も見えた。

　ハルカの顔がみるみる険しく曇り、二ヵ月前の自分の悲しい記憶が戻る。

『ハルカ？　ハルカ、大丈夫ですか？』

「……」

『ハルカ、しっかりして。大丈夫です。あなたには私がついています。大丈夫。大丈夫ですよ』

ダイワはハルカを励ましながら、彼女の返事を待った。

「ダイワ、あなたならあの怪物たちをやっつけられる？」

少し怯えるように小声でダイワに尋ねると、ダイワはハルカを支えるかのように励ましながら、自信満々にこう答えた。

『ハルカ。私が一度でもあの怪物に負けたことがありますか？　大丈夫！　私にシールドがある限り、彼らは、私にかすり傷すらつけられません。ですからハルカ。あなたは安全なのですよ。ね、ハルカ』

モニタの中で逃げ惑う人々の声が、ハルカの耳に痛いほど突き刺さる。

『ハルカ、どうしますか？　私ならば、あの怪物たちをやっつけられます。ハルカ、お願いです。私を信じて！』

ハルカは目の前のスクリーンに映る人々の姿を両目に焼き付けると、静かに目を閉じた。大きく息を吸い込むと、噛み締めるようにダイワに「ＹＥＳ」と呟いた。

「ダイワ、行こう！」

『ハルカ？』

「あの町を助けにいこう！　きっと、お巡りさんや保安官じゃ、あの怪物たちをやっつけられない。でも……あなたなら、きっと、ダイワだったら怪物たちをやっつけられる。そうだよね？　ダイワ」

『YES、ハルカ！』

「さあ、行こうダイワ！　みんながあなたを待っているわ」

そこにはもう、さっきまでの怯えた女の子の姿はなかった。今、初めて二人の意思と心は一つになったのだ。レバーを握ったハルカによって、ダイワは煙たなびく町へ加速していった。

†

町が怪物たちに襲われるちょっと前、トニー・マクレイはいつものように図書館にやって来ていた。図書館の一番奥、右端の席が彼の指定席だ。

お気に入りの指定席で、お気に入りの童話を読む。彼の日課だった。幸い今日は学校が休みで、トニーは朝から大好きな図書館で思う存分、読書に明け暮れていた。

トニーは、この日もお気に入りの童話『大きな小象』を読んでいた。自分と同じ名前の子供の象〝トニー〟が、普通の小象たちよりも小さいことで仲間ハズレにされて苛《いじ》められながらも、勇気と優しい心で仲間たちの信頼を集めていき、象の群れのリーダーとなっていくというストーリーだった。トニーはこの童話が大好きで、初めて読んだ二年前から毎日のように図書館に通って読んでいた。

自分の顔より大きいクリクリのメガネを思い切り本に近づけて、八歳にしては少し小柄な身体をネコのようにクルリと丸めて一ページ、一ページにその青い瞳を涙ぐませたり、微笑みながら、一心不乱に童話をムサボっている。

それは二十ページ目をめくろうとしたときだった。まるで直下型の大地震が起こったような激しい振動に、トニーはボールのように床に投げ出された。

「痛い！」

トニーはサラサラの金髪を抑えながら立ち上がった。周りを見渡すと、トニーの倍以上はある大人たちまで床に転がっていた。

「何だったんだ、今の……。ひょっとして地震？」

しばらくキョロキョロと、図書館に視線を巡らせていたトニーは、いつもと違う風景が窓の外に広がっていることに気が付いた。

〝あれ？〟いつも目に飛び込んでくる、大きなスーパーマーケットの看板が見えない。トニーは見慣れない風景を確かめようと窓に駆けよった。

信じられない光景が、トニー・マクレイの視界に飛び込んできた。心の中で神に祈ると、あわててその場を後にして駆け出した。彼の目に映ったそれは、異形の怪物たちに襲われているスーパーマーケットだった。

電気の羽を広げて四本の腕から出る恐ろしい力で、みるみるうちにスーパーマーケットの形を変えてゆく。

〝スーパーマーケットの向こう側にも煙が見えた。きっと、あの怪物たちは、町の郊外から来たに違いない。だとしたら、この図書館も僕らの家も危ない。早くみんなに知らせなければ、大変なことになるかもしれない〟

トニーはぼうぜんとする大人たちにぶつかりながらも図書館の入り口を目指し、自分が住む教会の孤児院へ向かっていた。

図書館のドアを駆け出して、曲がりくねったアスファルトを無視して、トニーは一直線に目的地を目指す。

大きな道路が見えてきた。いつもは空いているはずの道路は、今日に限りギチギチに混んでいた。あたりまえだ。この道路の先にあるのは、さっき見た怪物たちに襲われているスーパーマーケットだ。通れるはずなんかない。

混んで大声やクラクションの大合唱が奏でられている車の間をぐりぬけて、トニーは道路の向こうを目指していた。

そのとき、車の列のはるか前方で光が煌めいた。次の瞬間、ものすごく重い風がトニー・マクレイの身体を包んだ。風の来た方向を見る。

ゆらめく赤いものの上に黒い大きな煙。

呆然とするトニーの身体の奥で、心が神様に祈りを捧げている。その間にも重い風は二度、三度と彼の身体を包み込み、その重さは回を増すごとに重みを増し、熱さも加わってきた。

逃げ出そうとしているのだが、どうしても身体が動いてくれない。

〝僕の足！　どうして動いてくれない！　早くこの場を離れないと……〟

トニーは懸命にその場から逃げ出そうとしているのに、弱虫な身体はその意思に反する。

〝もうダメだ〟

トニーはついにその場に座り込んでしまった。

身体の弱虫は心にまで伝染して、怯える心が神に祈る。ただ震えながら、何もできずに審判のときを待つ自分が悲しかった。

煙しか見えなかった車の列のはるか向こうから、爆音が近づくのがわかる。

トニー・マクレイの視界の前方に、空の彼方から飛んできた車のドアが落ちてきた。トニーは絶望しながら涙で曇る目を閉じ、静かに胸の前で手を組み合わせた。

†

そのころ、ハルカたちはこの町の郊外から二・七キロの地点まで来ていた。

『ハルカ！　見えました。この町の空に展開している怪物は全部で三十三体。今まで出会った怪物たちの中で最大規模の戦力です！』

「もう、ダイワ!!　むずかしいことを言わないで！」

『ですがハルカ、敵の情報は戦うにあたっては必要なことです！』

「わかったわ。とにかくあの怪物たちが三十三匹いるのね！」

ついさっきまで、黒い糸のように見えていた煙が現実味を帯びてくる。それと同時に今まで見えなかった噴煙《ふんえん》と緋色の柱が見えてきた。不安にかられたハルカがダイワに尋ねる。

「ダイワ。あの町の人たちは大丈夫なの？」

『あまり大丈夫とは言えません。ハルカ、いいですか？　良く聞いてください。町の中で怪物たちと戦えば、多くの人が傷つくことになるでしょう。ですから、私たちが戦うときは、なるべく町の外で戦うようにしなければなりません』

「わかったわ！」

『ハルカ、私の操縦はあなたにおまかせします。いつもどおりにランプの指示に従って、レバーを動かしてくれれば大丈夫です』

ダイワが次々とハルカに指示を出す。ハルカはてきぱきとダイワの指示に応えた。

不気味な煙が覆いつくす町がダイワからハッキリと見えてきたとき、ダイワの艦首にある三つの砲塔が煌めいた。スーパーマーケットの上空を舞っていた怪物たちが次々と、煙と金属の破片に変わってゆく。

「ダイワ、このままだと町に入っちゃうよ！　どうすればいいの？」

怪物を六匹ほどやっつけたことを確認したあと、どんどん迫ってくる町を見て、ハルカは町の中にいる人々のことを心配した。町の中で怪物たちをやっつけると、たくさんの人が傷つくかもしれない。先ほどダイワが言った言葉を、ハルカは思い出していたからだ。

『町の中で怪物たちと争うのを、避けたいのですね？　了解していますよ。では、これから〝ボディ・アタック〟を仕掛けて道路を壊している怪物たちをやっつけましょう！　まずは町の人たちの逃げ道を確保しなければなりません。ハルカ、座席にしっかりとつかまって舌を噛まないようにしていてください』

ハルカの不安を察したダイワは、即座に〝ボディ・アタック〟を提案した。彼の持つ能力の中で最強の威力を誇る、ダイワの必殺技だ。

「ええっ!!　ボ、ボディ・アタック！」

提案されたハルカは仰天した。ダイワが提案した〝ボディ・アタック〟の凄さは確かに認めよう！　だが、目の前の画面一杯に広がる怪物の映像。その直後に襲ってくるハルカの全身がバラバラになってしまうのではないか？　と、思うほどの振動。ハルカはどんなときにも頼りになってくれるダイワが大好きだ。だが、この〝ボディ・アタック〟だけは好きになれなかった。

『私の提案がお気に召しませんか？』

「えっ？　そっ……、そんなことない……」

ダイワの声がちょっと怒っているように聞こえた。それにこんな状況じゃ、ワガママなんか言っていられない。

『大丈夫です。人々の逃げ道を確保したあとは、怪物たちの注意を私たちにひきつけて、人々が逃げる場所から遠くはなれたところで怪物たちをやっつけます。さあ、ハルカ、しっかり座席に座っていてください』

「わ……わかったわ」

ハルカは確かに町の人たちの心配をしている。でも、それと同じぐらい自分も心配だった。ハルカは覚悟を決めて座席にシッカリと自分の身体を固定すると、ダイワに言った。

「ダイワ！　いつでもいいよ！」

『ハルカ。舌を噛まないように気をつけてください！』

ブォン。耳鳴りのするヘンな音が響きダイワを包む丸い光の玉が、輝きを増しながら船体に近い形になってゆく。船体の後ろに付いている、二つのロケットエンジンからひときわ激しく光があふれだす。ハルカの身体がコックピットの座席にめり込むようになると、ダイワは光の矢になって町に飛び込んでいった。

光の矢は崩れたスーパーマーケットの上を飛び越え、その先にある大通りを壊している怪物たちを目標にした。ダイワが近づくのを知った怪物たちは、道路と町の人を壊すのをやめて、四本の腕をダイワに向かって突き出す。

「キャーッ！　ダイワ！　ダイワ!!」

怪物たちの放った閃光と爆音がダイワの船体を包む光の鎧に次々と命中する。ハルカはこらえきれずに悲鳴を上げたが、ダイワはおかまいなしに道路の上を飛んでいる五匹の怪物たちに向かってゆく。

ドン！　と鈍い音がコックピットの中に響くと、少し間を置いてダイワの動きが止まった。ハルカはひときわ大きなため息をつくと、目の前のスクリーンに注目した。ダイワが通り過ぎたであろう地点には、黒くて丸い煙のかたまりが怪物たちのいた数だけ浮かんでいる。

『ハルカ、終わりましたよ』

「えっ？」

ダイワはもうすでにシールドの力を使ってはいない。〝さっきダイワは、ここにいる怪物たちは、私たちが今まで出会った中で、一番数が多いって言っていたのにどうして？〃と、ハルカは不思議に思った。それを感じとったのか、ダイワが教えてくれた。

『怪物たちは仲間が一瞬のうちに十一匹もやっつけられたのを見て、逃げてしまったようです。もう大丈夫ですよ。ですが、ハルカ。油断は禁物ですよ』

フゥ。ダイワの言葉を聞いて、ハルカが大きなため息をつく。油断なんてするつもりはないが、身体中から力が抜ける。

『ハルカ！　油断しないで。怪物たちがまた現われるかもしれません。油断は禁物ですよ。それから町の人々はパニック状態にあります。私の姿は彼らに見せないほうがよいでしょう。人目につかないところに移動します』

「わかったわ。でも、つかれた。少しリラックスしてもいいでしょう？」

しかたがない。なんといってもハルカはまだ子供なのだ。ダイワはコックピットの座席に座りながら息抜きをすることをハルカにすすめ、ハルカはあたたかいココアを飲みながら、リラックスすることにした。その間にダイワは町の中央に位置する公園の池に身をかくし、その場所から辺りを注意深く見回す。

ハルカはココアを飲み終えると、ダイワと町の様子をスクリーンに映して見守ることにした。だが、町はハルカたちの予想を上回る傷を受けていた。崩れたビル。穴だらけになった道路や線路。車もあちこちでひっくり返って燃えたりしていた。

ハルカは思わず目をそむけたが、そのとき、気になる映像を見つけた。

〝あれ？　なにをしているのだろう？〟

目の前にあるスクリーンの一つに、メガネをかけた男の子が道路にペタンと座り込んでお祈りをしているのが見えた。

「ねえ、ダイワ。あの男の子、あんなところでなにをしているんだろう？」

あまりの不自然な光景に、ハルカは思わずダイワに意見を求めた。ダイワもハルカに言われて初めて彼に注目する。

『男の子ですね。ハルカと違って敬虔《けいけん》なクリスチャンなのでしょう。怪物たちに襲われたので、自分を救って欲しいと神様にお祈りしていたみたいですね。どうやら、彼のお願いを神様は聞いてあげたみたいです』

この言葉を聞くと、ホッペをプックリふくらませて、ハルカは即座に反応した。

「そうかな? あの子を助けてあげたのは私とダイワだよ。神さまじゃないじゃない」

『軽い冗談のつもりで言ったのですが……』

「じょうだん? あなた、じょうだんも言えるの?」

ダイワの新しい能力に、ハルカはまたも目を見張った。そんなハルカにダイワが言う。

『ですが、ハルカ。このような状況なのです、誰が助けたか? など、どうでもよいではありませんか。あの男の子が無事だった。それだけで十分なはずです』

ハルカはダイワにまた叱られてしまった、というバツの悪さと、パパやママのお手伝いをしてほめられた以上のよろこびが、心の奥から湧き上がってくるのを噛み締めながら、ダイワの言葉にうなずいてこう言った。

「うん……そうだね」

少しの間、ハルカは心地よい満足感と町の人たちへの同情の心とが入り混じった不思議な気持ちでいたが、さっきの男の子のことが気にかかっていた。〝ひょっとしたら、まだお祈りしているかも……〟。ハルカはそんなことを想像していた。

「ねえ、ダイワ。さっきの男の子、どうしているかな？　もうお家に帰ったかしら？　気になるの。スクリーンに映せる？」

　ダイワは、こんな状況で好奇心旺盛なハルカに「不謹慎ですよ」と注意したが、〝彼〟のことが気になったのだろう。スクリーンでさっきの場所を映してくれた。だが、あきれたことに〝彼〟はまだそこにいて、神さまに祈りを捧げていた。ハルカは大笑いしてまたダイワに叱られた。そしてハルカはとんでもないことをダイワに言いはじめた。

「ねえ、ダイワ。あの子に怪物たちはもういないよ、って教えてあげましょう。あの子、誰かが教えてあげないと、きっといつまでも祈り続けているわ」

　これにはダイワも驚いた。いや、教えるのはいいが、こんな危険に満ちたところにハルカを降ろすわけにもいかない。ダイワが行けばきっと町中がパニックになってしまうだろう。どうやって教えればいいのか？　考えを巡らせているダイワにハルカが言う。

「ダイワ、あなたの光るモニタで教えてあげようよ」

突然、聞きなれない言葉を言うハルカに、ダイワが戸惑う。

『光るモニタ？　簡易ナビゲーションのことですか？』

「カンイナビゲーション？」

今度はハルカが戸惑った。

『違うのですか？』

ダイワは聞き返す。

「それって、ダイワと初めて会ったときに、私を案内してくれたモニタのこと？」

『そうです。ですが、簡易ナビゲーションもシールドと同じで、使用できる範囲は約一キロが限界です』

「エー。とどかないの？」

〝せっかくいいことを思いついたのに〟とハルカは残念に思った。ハルカは単に男の子に怪物たちのことを教えてあげるかわりに、驚かせたい！　と思っただけなのだが、この案はダイワにはとても名案に思えた。だが、一つだけ問題がある。

『いえ、届きはしますよ。ハルカ。あなたの発案としては名案ですが、一つだけ問題があります。簡易ナビゲーションは、シールドとは違い、マスタの他には乗組員にしか使うことができません。彼を乗組員として登録するのですか？』

相変わらず不愛想で失礼な言葉で返事が返ってきたが、ハルカにとっては意外な返事が返ってきた。〝てっきり反対されると思ったのに……〟と思って、ハルカはビックリした。

「え？　乗組員？　乗組員ってなに？」

『本来ならハルカと一緒に私に乗る人たちのことです。通常ならマスタの他にあと二人の乗り込み、各部署を担当します。そうすることで、私の本当の能力を引き出すことができます』

「ほんとうの……のうりょく？」

ハルカは聞きなれない言葉を、オウムが言葉をマネするようにダイワに聞き返した。すると、ダイワは少し戸惑ったようにハルカに言い返した。

『いえ、ハルカ。なんでもありません。気にしないで、とにかくあと二人私に乗れるということです。それよりどうしますか？　あの男の子を私の乗組員として登録するのですか？』

「え？　うーん、どうしようかな。ねえ、ダイワ。一回登録してしまったら、もう、取り消せないの？」

ハルカは素直にダイワに疑問をぶつけると、ダイワもその疑問にすぐ答えてくれた。

『そんなことはありません。マスタであるあなたが登録を取り消す、と言えば取り消せますよ』

「じゃあ、問題はナシね。私はあの子に教えてあげたいだけだもの。登録したあとにすぐ取り消せば大丈夫でしょう？」

『了解しました』

ハルカが笑顔で言うと、ダイワは素直にその指示に従い、こうして、トニー・マクレイはダイワの乗組員に登録された。

ハルカの待ちに待った瞬間が訪れる。

町の中央にある公園の池の底。ハルカのイタズラは、はじまった。

あとがき

この度、協力出版という形で、文芸社さんより出版することになりました。

書名や内容を見てアレ？　と思った方もいるかもしれません。この作品は、アンダーグラウンドで出版していたものの総集編、インターネット上ではポケットクルージング（仮）として発表していたものです。

協力出版という形ですので、著者もある程度お金がかかりまして、著者は極貧。

このボリュームでこの価格なのはお許しくださいませ。

さて、作品ですが、ハルカという女の子が主人公の冒険モノです。コンピュータで映画をつくろうというのが発端だったのですが、結局小説になっちゃいました。三部構成の第一部、ハルカとダイワの出会いから、ハルカがアメリカを旅立つまでのうちの、ダイワとトニー、ハルカの出会いを収録しています。

そして、本文中に怪物が出てきますが、名前が出てくるのは、このペースでいくとあと二冊後ですね。一応ハルカとダイワたちの視点から物語は展開していきますので、ハルカの知らないことは、読者も知らないということでご了承よろしくです。

というか、この本が大化けしてくれれば、明日にでも出版できますです、ハイ。

と、冗談はさておき、コミック感覚で読んでくださいませ。

ハルカとダイワをよろしくです。

Profile ＊ 著者プロフィール

新里　東洋一（しんさと　とよいち）

昭和45年1月16日生まれ。

東京都杉並区出身。

はるか・ウエポン

2002年4月15日　初版第1刷発行

著　者　新里　東洋一

発行者　瓜谷　綱延

発行所　株式会社　文芸社

〒160-0022　東京都新宿区新宿1-10-1

電話　03-5369-3060（編集）

03-5369-2299（販売）

振替　00190-8-728265

印刷所　株式会社　フクイン

ISBN4-8355-2714-3　C0093